CATALOGUE

DES

TABLEAUX

MODERNES

COMPOSANT LA COLLECTION

DE FEU

M. HADENGUE-SANDRAS

DONT LA VENTE AURA LIEU

HOTEL DROUOT, SALLE N° 8

Les Lundi 2 et Mardi 3 Février 1880

A DEUX HEURES ET DEMIE

EXPOSITIONS

PARTICULIÈRE	PUBLIQUE
Le Samedi 31 Janvier 1880	Le Dimanche 1er Février 1880

DE DEUX HEURES A CINQ HEURES ET DEMIE

COMMISSAIRE-PRISEUR	EXPERTS
M⁰ GEORGES BOULLAND	F. MARTIN ET J. PASCHAL
Rue Neuve-des-Petits-Champs, 20	Rue Saint-Georges, 29

PARIS — 1880

CONDITIONS DE LA VENTE

—

Elle sera faite au comptant.

Les Adjudicataires paieront CINQ POUR CENT en sus des enchères.

M. HADENGUE avait mis vingt ans à former sa Collection.

Chacune des Œuvres qui la composent avait été choisie à son heure, parmi les morceaux caractéristiques et typiques des peintres.

M. HADENGUE était un de ces délicats qui aiment la peinture pour elle-même : il goûtait, dans une œuvre, ce que les artistes appellent les qualités *Peintre* et appréciait au plus haut point la touche et l'exécution. C'est là ce qui explique la réunion d'œuvres de Maîtres différents et de styles variés qui toutes ont en commun des qualités de facture de premier ordre.

En commençant par les Maîtres de notre École moderne que la mort a frappés, la Collection HADENGUE, entre quatre COROT, possède une œuvre absolument hors ligne, *le Matin*, comprise parmi les toiles du Maître envoyées à l'Exposition universelle de 1867.

Aucune œuvre de Corot ne présente à un plus haut degré cette combinaison parfaite d'idéalisation et de vérité.

DIAZ est représenté par une œuvre, *les Braconniers*, pleine de limpidité, de transparence et de lumière ; TROYON, par une esquisse, *la Ronde du Berger,* magistrale dans sa petitesse et son double effet de lumière.

Le *Paysage avec animaux*, de DAUBIGNY, pris dans les environs de Villerville, est une de ces toiles de dimension restreinte, mais d'un faire serré et velouté, constituant certainement la partie la meilleure de l'œuvre du Maître.

COURBET figure avec une étude, *des Rochers sous bois*, pleine de fraîcheur et d'ombre, première pensée de la *Remise de chevreuils*.

TASSAERT est représenté par quatre toiles dont deux d'un genre fort différent, sont parmi ses meilleures. L'une, *une sainte Famille*, qui a figuré au Salon de 1851, conçue en dehors de toute tradition, mais où le sentiment religieux et le rayonnement mystique n'en sont pas moins excellemment saisis et rendus; l'autre, *l'Escarpolette*, rentre dans la catégorie de ces compositions plus légères où se complaisait TASSAERT.

Arrivant aux peintres vivants, nous devons tout d'abord signaler *l'Étang*, de Jules DUPRÉ, paysage hors ligne, plein de brio, de mouvement, de vie et de vérité.

De JONGKIND, nous n'avons pas moins de dix-sept toiles, entre lesquelles nous ne saurions faire de choix, et qui offriront aux amateurs des spécimens caractéristiques des divers styles et des divers sujets du Maître.

La Cuisinière dans un intérieur est une perle résumant toutes les qualités de BONVIN.

Cinq RIBOT, dont l'un, *le jeune Bohémien*, est une toile des plus réussies. Enfin, vingt-sept paysages ou tableaux de figure de CALS.

M. HADENGUE avait su des premiers apprécier le charme intime et l'exquise délicatesse des toiles de cet excellent artiste. Le progrès continu que l'œuvre de CALS a fait depuis quelques années dans l'estime publique, attesté par le succès des ventes entreprises par l'artiste lui-même, nous donne à penser que les nombreux amis du peintre seront heureux de se partager une semblable réunion de morceaux choisis.

Nous citerons encore parmi les artistes dont la réputation est déjà faite et dont le mérite n'est plus contesté, des œuvres de BOUDIN, BOULARD, BRANDON, Gustave COLIN, FANTIN-LA TOUR, Amand GAUTIER, Jules HÉREAU, LÉPINE, METTLING, MOUCHOT, QUOST, VILLEVIEILLE. Enfin Claude MONET et PISSARRO, qui font partie d'un groupe de peintres qui appartient à la polémique et dont les tendances sont des plus discutées.

M. HADENGUE avait, sans parti pris, mis dans sa collection quatre toiles de ces deux artistes, qu'il considérait comme d'excellents morceaux de peinture et qui, nous le pensons, seront trouvés tels par tous les amateurs sans opinion préconçue.

Un grand dessin de Théodore ROUSSEAU, quatre dessins de VOLLON, dix aquarelles de PIETTE complètent l'ensemble des œuvres de la Collection HADENGUE que nous croyons devoir particulièrement signaler.

DÉSIGNATION

TABLEAUX

BONVIN

(François)

1 — **Cuisinière plumant une volaille.**

Tableau important de l'artiste.

H. 63 c. L. 53 c.

1500

BRANDON

(Édouard)

2 — **Le Sermon de Daïan Cardozo.**

Synagogue d'Amsterdam.

H. 31 c. L. 63 c.

680

BOUDIN

(EUGÈNE)

3 — **Le Bassin du Havre.**

H. 41 c. L. 55 c.

BOULARD

(AUGUSTE)

4 — **Harengs.**

Nature morte.

H. 36 c. L. 45 c.

BROWN

(JOHN-LEWIS)

5 — **Le Billet de logement.**

H. 11 c. L. 15 c.

CALS

(ADOLPHE-FÉLIX)

6 — **La Partie de piquet.**

Effet de lampe.

Ovale. — H. 48 c. L. 59 c.

CALS

7 — **Intérieur rustique**.

H. 29 c. L. 37 c.

CALS

8 — **Une rue à Béthencourt (Oise)**.

H. 29 c. L. 37 c.

CALS

9 — **La Bonne nouvelle**.

Ovale. — H. 39 c. L. 31 c.

CALS

10 — **La Dinette**.

H. 44 c. L. 55 c.

CALS

11 — Buveurs à Saint-Siméon (Honfleur).

H. 23 c. L. 32 c.

CALS

12 — La Brioche.

Nature morte.

Ovale. — H. 31 c. L. 39 c.

CALS

13 — Une Cour à Cormeil (Seine-et-Oise).

H. 39 c. L. 29 c.

COLIN

(GUSTAVE)

14 — Une Rue à Cibour (Basses-Pyrénées).

H. 45 c. L. 37 c.

COROT

(CAMILLE)

15 — Un Matin.

Ce tableau a figuré à l'Exposition universelle de 1867, sous le n° 165.

H. 50 c. L. 72 c.

COROT

16 — Un Soir.

Ce tableau a figuré à l'Exposition universelle de 1867, sous le n° 166.

H. 79 c. L. 56 c.

COROT

17 — Italienne.

Tableau d'une exécution très-serrée.

H. 48 c. L. 35 c.

COROT

18 — Paysage.

Matin.

H. 32 c. L. 44 c.

COURBET

(Gustave)

19 — La Remise de chevreuils.

Réduction du tableau connu sous ce nom.

H. 44 c. L. 59 c.

COUTURIER

(Philibert-Léon)

20 — Coq et Canards.

H. 07 c. L. 09 c.

DAUBIGNY

(Charles)

21 — Campagne de Villerville.

Pâturage.

H. 29 c. L. 59 c.

DECAMPS

22 — Entrée de ville.

Effet de nuit.

H. 15 c. L. 22 c.

DIAZ

23 — Les Braconniers (forêt de Fontainebleau).

H. 28 c. L. 23 c.

DORE

(ARMAND)

24 — Jeune Fille tenant une poupée.

Ovale. — H. 53 c. L. 43 c.

DORE

(Pendant du précédent).

25 — Jeune Fille tenant un chat.

Ovale. — H. 53 c. L. 43 c.

DORE

26 — Fleurs des champs.

H. 55 c. L. 74 c.

DUPRÉ
(Jules)

27 — **Ferme sur les bords d'un étang.**

Tableau d'une très-belle exécution.

H. 44 c. L. 58 c.

FANTIN-LA-TOUR

28 — **Nature morte.**

H. 30 c. L. 53 c.

GAUTIER
(Amand)

29 — **Le Lièvre.**

Nature morte.

H. 67 c. L. 50 c.

HÉREAU
(Jules)

30 — **Plage.**

Barques de pêche.

H. 80 c. L. 1 m. 10 c.

HÉREAU
(Jules)

31 — **Le Retour du troupeau rue de Barbizon.**

H. 20 c. L. 31 c.

HÉREAU
(Jules)

32 — **Route de la Révolte.**

H. 22 c. L. 32 c.

HÉREAU
(Jules)

33 — **L'Abreuvoir de Saint-Denis.**

H. 31 c. L. 14 c.

HÉREAU
(Jules)

34 — **Une Ferme dans la Brie.**

H. 18 c. L. 28 c.

HÉREAU

(JULES)

165

35 — **Moutons au pâturage.**

H. 21 c. L. 31 c.

JONGKIND

(JOHAN-BARTHOLD)

795

36 — **La Douane à Rotterdam.**

H. 40 c. L. 55 c.

JONGKIND

760

37 — **Environs de Rotterdam.**

Soleil couchant.

H. 40 c. L. 55 c.

JONGKIND

1490

38 — **Canal glacé.**

Patineurs.

H. 40 c. L. 55 c.

JONGKIND

39 — **Paysage aux environs de Rotterdam.**

Clair de lune.

H. 40 c. L. 55 c.

JONGKIND

40 — **La Digue Rotterdam.**

H. 40 c. L. 55 c.

JONGKIND

41 — **Canal de Caen.**

Clair de lune.

H. 59 c. L. 42 c.

JONGKIND

42 — **Vue prise en Hollande.**

H. 40 c. L. 55 c.

2

JONGKIND

43 — **Le Bassin de Honfleur.**

H. 29 c. L. 39 c.

JONGKIND

44 — **Un Canal à Rotterdam.**

H. 40 c. L. 55 c.

JONGKIND

45 — **Les Bords de la Seine, à Saint-Denis.**

Clair de lune.

H. 25 c. L. 39 c.

JONGKIND

46 — **Un Canal à Rotterdam.**

H. 40 c. L. 55 c.

JONGKIND

47 — **Le Bassin de Rotterdam.**

H. 40 c. L. 55 c.

JONGKIND

48 — **Plage (Saint-Adresse).**

H. 23 c. L. 31 c.

JONGKIND

49 — **Vue prise en Hollande.**

Lever de lune.

H. 32 c. L. 46 c.

JONGKIND

50 — **Canal glacé.**

Patineurs.

H. 27 c. L. 44 c.

JONGKIND

51 — **Paysage**.

Vue prise en Hollande (Clair de lune).

H. 60 c. L. 80 c.

JONGKIND

52 — **Une Scierie aux environs de Rotterdam**.

H. 40 c. L. 55 c.

LÉPINE

(STANISLAS)

53 — **Les Bords de la Seine, à Saint-Denis**.

Salon de 1877.

H. 77 c. L. 1 m. 50 c.

LÉPINE

54 — **La Seine, à Charenton**.

Salon de 1868.

METTLING
(Louis)

55 — **La Lecture.**

H. 29 c. L. 20 c.

METTLING

56 — **Jeune Femme.**

H. 30 c. L. 21 c.

MONET
(Claude)

57 — **La Seine, à Argenteuil.**

MONET
(Claude)

58 — **Le Pont de Bougival.**

MOUCHOT

(Louis)

59 — Paysanne filant au rouet.

H. 40 c. L. 32 c.

NAZON

(François-Henri)

60 — Paysage.

Effet de soleil.

H. 31 c. L. 43 c.

PISSARRO

(Camille)

61 — Une route à Louveciennes.

Hiver.

PISSARRO

(Camille)

62 — Une route.

Effet de neige.

QUOST

(ERNEST)

63 — **Fleurs dans une jardinière.**

H. 71 c. L. 91 c.

RIBOT

(THÉODULE)

64 — **Jeune Bohémien.**

H. 54 c. L. 46 c.

RIBOT

(THÉODULE)

65 — **Basse-Cour.**

RIBOT

(THÉODULE)

66 — **Bandit chantant.**

H. 37 c. L. 45 c.

RIBOT

(THÉODULE)

67 — **Bandit aiguisant son poignard.**

H. 37 c. L. 45 c.

RIBOT

(THÉODULE)

68 — **Cuisiniers.**

H. 26 c. L. 24 c.

TASSAERT

(OCTAVE)

1200

69 — **Diane et Actéon.**

H. 28 c. L. 19 c

TASSAERT

(OCTAVE)

900

70 — **Jeune Femme se balançant sur les eaux.**

H. 31 c. L. 23 c.

TASSAERT
(Octave)

71 — **La Vierge et l'Enfaut Jésus.**   *125*

Salon de 1851.

H. 30 c. L. 23 c.

TASSAERT
(Octave)

72 — **L'Invocation.**   *95*

H. 31 c. L. 23 c.

TROYON
(Constant)

73 — **La Ronde du Berger.**

Effet de nuit.   *131*

H. 23 c. L. 31 c.

VILLEVIEILLE
(Léon)

74 — **Les Bords de la Creuse.**

Soleil couchant.

H. 39 c. L. 25 c.

VILLEVIEILLE

(Léon)

200

75 — **Les Bords de la Seine.**

Matin.

H. 18 c. L. 24 c.

VILLEVIEILLE

(Léon)

76 — **Les Bords de la Seine.**

Soir.

H. 56 c. L. 88 c.

VILLEVIEILLE

(Léon)

195

77 — **L'Ile d'Andressy.**

H. 26 c. L. 19 c.

VILLEVIEILLE

(Léon)

165

78 — **La Seine. à Saint-Ouen.**

H. 18 c. L. 26 c.

VILLEVIEILLE

79 — **Une Rue près Montlhéry.**

Après la pluie (Soleil couchant).

H. 32 c. L. 47 c.

VILLEVIEILLE

(LÉON)

80 — **Les Bords de l'Oise.**

Matin.

H. 34 c. L. 53 c.

VILLEVIEILLE

81 — **La Seine. près Saint-Ouen.**

H. 18 c. L. 24 c.

ÉTUDES

BATAILLE

(ÉMILE)

82 — **Paysage**.

Animaux.

BATAILLE

(ÉMILE)

83 — **Paysage**.

CALS

(ADOLPHE-FÉLIX)

84 — **Le Pot au feu**.

Nature morte.

CALS

DARRU

(LOUISE)

102 — **Fleurs.**

DARRU

(LOUISE)

103 — **Fleurs.**

ELMERICH

104 — **Une des petites Portes de Notre-Dame de Paris.**

LAFAGE

(GEORGES)

105 — **Vallée de la Bièvre.**

LÉPINE

(STANISLAS)

106 — **Paysages et Marines.**

Cinq études.

MERLOT

107 — **Paysage.**

POTÉMONT

108 — **Figures sous bois.**

POTÉMONT

109 — **Paysage.**

COPIES PAR CALS

(MUSÉE DU LOUVRE)

REMBRANDT

110 — Portrait d'homme.

REMBRANDT

111 — Portrait de femme.

RUBENS

112 — Le Christ en croix.

RUBENS

113 —

TITIEN

114 — La Vierge.

VÉRONÈSE

(Paul)

115 — Les Noces de Cana.

AQUARELLES ET DESSINS

—

BRIENNE

116 — **Fleurs.**

Quatre aquarelles.

CALS

117 — **Jeune Mère.**

Dessin rehaussé.

COTTIN

118 — **Les deux Voleurs.**

Dessin.

GAUTIER

119 — **La Seine, à Saint-Ouen.**

Aquarelle.

GAUTIER

120 — **Montmartre.**

Aquarelle.

JONGKIND

121 — **Vue de ville (Clair de lune).**

Aquarelle.

MICHEL

122 — **Paysages.**

Cinq dessins au crayon noir.

MORIN

(EUGÉNIE)

123 — **Trouville.**

Aquarelle.

PIETTE

(LUDOVIC)

124 — **Ferme près Lassay.**

Aquarelle.

PIETTE

125 — **Printemps.**

Aquarelle.

PIETTE

126 — **Chemin près Montfoucault.**

Aquarelle.

PIETTE

127 — **La Mayenne.**

Aquarelle.

PIETTE

128 — **Le Mans.**

Aquarelle.

PIETTE

129 — **Saint-Léonard (Mayenne).**

Aquarelle.

PIETTE

130 — **Vue du Mans.**

Aquarelle.

PIETTE

131 — **La Mare**.

Aquarelle.

PIETTE

132 — **Les Foins**.

Aqnarelle.

ROUSSEAU

(THÉODORE)

133 — **Le grand Chéne**.

Très-beau dessin.

VILLEVIEILLE

134 — **Bords de l'Oise**.

Dessin.

VILLEVIEILLE

135 — **Une Rue à Alger.**

Dessin.

VILLEVIEILLE

136 — **Bords de la Creuse.**

Dessin.

VOLLON

137 — **Saint-Ouen.**

Dessin.

VOLLON

138 — **Saint-Denis.**

Dessin.

VOLLON

139 — **Maisons à Montmartre.**

Dessin.

VOLLON

140 — **Vue prise à Montmartre.**

Dessin.

P. J.

141 — **Jeune Femme.**

Pastel.

INCONNU

142 — **Une Gouache ancienne sur vélin.**

Vᵉˢ Renou, Maulde et Cock, impr⁵ de la Compagnie des Commissaires-Priseurs.
[rue de Rivoli, 144.   3160

RED. :

22

MIRE ISO N° 1
NF Z 43-007
AFNOR
Cedex 7 - 92080 PARIS-LA-DÉFENSE

graphicom

0 1 2 3 4 5 6 7 8 9 10